序文　『いとしの歌集』に寄せて

岩手県歌人クラブ会長　八重嶋　勲

念澤浩一・まきご夫妻とは「岩手短歌」や「歩道」で、私が若い頃からご一緒したものでした。とても仲睦まじいご夫婦で、夫婦の鑑でした。

吾もまた若き日神楽を踊りしに
けふ孫娘神楽を踊る（浩一）

短歌大会の後のお酒が入った懇親会が宴たけなわとなり、浩一氏が会場いっぱい使って神楽を舞ったことがあります。それは、飛び跳ねては踊る、鬼気迫る舞いで今でもはっきりと覚えております。

病みをれど生日なれば紅ひきて
指にほのかに朱の残れる（まき）

これは二〇〇一年六月二十三日の短歌大会で岩手県歌人クラブ会長賞を受賞しました。療養中ながら女性の身だしなみとして紅を引く行為は、何か艶っぽいものを感じさせる魅力的な歌です。

この度、畠山貞子さんがまとめられたご夫妻の『いとしの歌集』はまさに相聞の歌で充満しており、ご夫妻はきっとあの世でお喜びのことと思います。

もくじ

念澤まきの歌

念澤浩一の歌

念澤まきの歌

病みをれど
生日なれば紅ひきて
指にほのかに
朱の残れる

岩手県歌人クラブ会長賞
（２００１・６・２３）

地底湖

（『岩手短歌』１９７７・⑪⑫月号掲載）

洞窟を進みてゆけば地底湖の
水の蒼さよ透明に澄む

照明に照らされてゐる地底湖の
深き底にて硬貨がひかる

やうやくに雨晴れて仰ぐ山寺の
山をめぐりて立霧動く

つばくらめ梁《はり》にゐしとふ土蔵など
今もそのまま残る守谷家

雨あとの萩は枝垂《しだ》れてこまかなる
花は水玉まとひて光る

薪能《たきぎのう》

（『岩手短歌』1981⑫・
1982①月号掲載）

杉群を背景にして能楽堂
蝉しぐれ降る山にしづまる

夕暮るる能楽堂のめぐりにて
五基のかがり火一斉に燃ゆ

昏《く》れはてし山に鼓《つづみ》の音響き
蜩《ひぐらし》ひとつみじかく鳴けり

をりをりに立つ風ありてかがり火の
薪《たきぎ》はぜつつ火の粉があがる

かがり日のあかりを受けて舞ふシテの
面も衣装もときに光れる

義経を演ずる八歳の少年は
小さけれども声の凜々《りり》しき

かがり火に照らされて舞ふ静御前
シテの面《おもて》にいのちこもれる

おもむろに橋がかりより現はれし
知盛の霊さすがにかなし

闇のなかに能楽堂は浮きてみゆ
船弁慶はなかばば過ぎつつ

薪能終りて千の人びとは
声なく居りき古杉のもと

樹海　（『短歌いわて１９８３』掲載）

ひとざまに山を覆へる橅《ぶな》の樹海
つづくはたては空に連なる

渓川のしろき流れに浮かびゆけ
わが胸にある悲しみの澱《おり》

二階より見送る上《のぼ》り新幹線
　今朝は夫が乗りてゐるゆゑ

春の芽吹き冬の霧《む》氷《ひょう》と親しみし
　木《こ》立《だち》滅びていまはまぼろし

未熟児に生れしみどり児育てきて
　けふ七歳の振袖を着る

還《かん》暦《れき》の夫《つま》は今宵《こよひ》の祝膳に
　酔ひて北支《ほくし》の軍歌を唄ふ

好みたる吾子遙《はる》かにて甘酒を
　作らむ粥《かゆ》の温度を計る

籾殻をいぶす煙のたちのぼり
　南昌山はその奥にみゆ

遺族年金の手続きなども書きてある
　夫の手帳ゆくりなくみつ

たのしくも春を携《たづさ》へ来しごとく
　黄のフリージヤを夫買ひ来《きた》る

郭公《くわくう》

（『短歌いわて1985』掲載）

新築の子の家に来て畳の香
　すがしき部屋に二夜寝ねたり

くれなゐの三十本の鶏頭《けいとう》に
　今朝はしろじろと霜ひかりゐる

たくましくなりし幼ら風のなか
　頰あかくして下校して来る

厄抜ひ受けて賜りし福豆を
昼の炬燵《こたつ》にひとりはみをり

一年余したしみし睡眠薬やうやくに
用ゐずこのごろ清々とをり

風つよき春の午《ひる》過ぎ町ゆけば
かむりしスカーフはたはたとなる

家裏に植ゑて十年紅梅は
春日のなかに花咲きそめし

漆黒《しっこく》の羽根ひからせて植ゑし田を
　歩む鴉《からす》は人を恐れず

早苗田に屋根赤き家映りゐて
　郭公の声しきりに聞こゆ

職を得て勤めに出づる子のために
　肉など焼きて弁当つくる

丘の平《たひら》（『短歌いわて１９８６』掲載）

柱建てなりし建築現場にて
前過ぐるとき檜《ひのき》のかをりす

夜の田に蛍《ほたる》幾百点滅《てんめつ》し
ひかりを曳《ひ》きて飛べるもありき

一《ひと》日《ひ》にて終るはかなき花ゆゑに
サボテンの黄の花のいとしさ

南方に兵たりし健けきわが叔父も
ベッドにひらたくなりて病み臥す

日盛りに通り過ぎたる畳屋の
　店にすがしき藺草《ゐぐさ》のにほひ

虫すだく初秋の朝の田中道
　わが行く方に大き虹たつ

のぼり来し丘の平《たひら》はけぶりつつ
　山畑遠く空に連なる

山荘の窓よりみゆるサイロあり
　時雨《しぐれ》に濡るる赤きその屋根

年賀はがき売出す局の玄関に
　青竹ふとき門松が立つ

桜黄葉散りしく土手は明るくて
　冬に入りゆく寒き雨の香

「岩手短歌会」岩手支部・「歩道」岩手支部
合同短歌大会（１９８６・２・２３）

二人の子かかへて病める娘よあはれ
　母の本能つねに持ちつつ

岩手芸術祭短歌大会（１９９０・１０・２１）

ひとたびは死の宣告を受けし夫《つま》
けふおもむろに自転車をこぐ

『岩手短歌』１９９１・⑨月号掲載

いまよりの吾が残生の十年は
孫を育てて過ぎてゆくべし

渡月橋　（『短歌いわて１９９６』掲載）

春冷ゆる夕べ舞ひくる淡雪は
　吸はるる如く土に消えゆく

祭壇にほほ笑む母の遺影みつ
　さよならと声出し別れを告ぐる

雨の降る病室暮るる部屋にゐて
　赤き表紙の日記を閉づる

仰臥《ぎやうが》して窓よりみゆる空の上
　南をめざし飛行機ゆけり

瓶《びん》にさすみやこわすれはそそとして
　遠き日官舎の庭に咲きたり

面会を終へて病室を出づる夫
　痛みに耐へて歩む背さみし

ねむり薬《やく》のみて消燈の病室に
　眠りを待てり吾もはかなく

渡月橋のたもとに立てる夫とわれ
　思へば共にすこやかなりき

男鹿《おが》の沖にならぶ漁火《いさりび》二十ほど
　雲にあかるく反照およぶ

二重窓をほそめに開けて外みるに
　立冬の午後雪ふりみだる

紋白蝶　（『短歌いわて１９９７』掲載）

ひさびさに冬日かがやき軒先に
　ならぶ垂氷《たるひ》が清《すが》しくひかる

雨催《もよ》ふ冬田の中におりたちし
　鷺《さぎ》はしづかに羽根たたみゐる

かをりよき桜餅などやうやくに
　うましと思ふ風邪癒《い》ゆるらし

静かなる奈良の宿にて灯を消せば
　鹿の鳴く声をりをり聞こゆ

安静のために黙して臥しをりて
　まだ見ぬ歌会のさまを思ふも

鉄線の白き花びらふるひつつ
　昼の雷雨は土たたき降る

打ち続く青田の色に濃淡の
　ありてやうやく熱き日は照る

栗の花しるくにほひて咲き盛り
　流れの岸は梅雨ふけわたる

療養のなかに生まるるみじか歌
　われの心を支へ来しもの

こまかなる韮《にら》の白花咲く畑に
　紋白蝶は土低く飛ぶ

歩行器（『短歌いわて２０００』作品賞）

歩行器を押して病院の庭を行く
　九年ぶりに土踏みしめて

療法士わが歩行器に手を添へて
舗道のほてり暑きなかゆく

病む吾のおごりに似たる気持ちして
午前九時頃湯に浸りゐる

長病みて萎《な》えし我が足きたへんと
リハビリ用の階段上る

久びさに帰りし家は秋雨の
降りつづくなか萩の花咲く

シーツ交換終へしベッドにすがすがと
水ふく梨の皮むきてゐる

かへりみて優しき言葉かけられし
一日とおもひ灯を消しにけり

命ありて結婚記念日また迎ふ
菊の花籠もちて夫来る

真夜中に巡回に来し看護婦の
懐中電灯のひかりが動く

稜線は茜《あかね》の色にふちどられ
冬至《とうじ》の空に日は昇るらし

岩手芸術祭短歌大会（２０００・１０・１５）

変りなくけふも生きたし病床に
鏡をもちて眉墨《まゆずみ》をひく

朱塗りの箸箱
（『短歌いわて２００１』新世紀特集号掲載）

留学を終へカナダより帰り来し
をとめ明るく肩抱きくるる

薄明に覚めつつ思ふけふはわが
喜寿となりぬる生日なりき

投《とう》函《かん》をしたる葉書の音かろし
歩行器押して吾は帰りき

手に熱き緑茶の缶を二つ買ひ
ホールに夫と向かひて憩ふ

介護なき入浴となり浴槽に
ひとり沈めり湯気こもるなか

八十九の叔母すこやかに生き給ふ
今日はきりせんしょ持ちて訪ひ来る

病院よりまれに帰れば郭公の
声ちかくして藤咲き垂るる

来ん冬も病院に暮らす吾となる
障害の夫をひとり残して

食卓に配られしカップの茶の温《ぬく》み
　手に包みをり冷えまさる朝

亡き母が敬老会にて賜はりし
　朱塗りの箸箱わが使ひゐる

口紅

（2002年やはば短歌会
　『山ゆり』7集掲載）

病むわれも生日なれば紅ひきて
　指にほのかに朱《あけ》の残れる

林檎《りんご》をむき夫に届ける日課など
わが残生の幸と思はん

私服着て帰るナースらそれぞれに
白衣のときより意外に若し

空青く白鳥飛べり春来しと
こころ豊けくけふを逝かしむ

病院に夫と暮せば自販機の
熱きココアを分けて飲み合ふ

夕飯につきし浅葱《あさぎ》の酢味噌和へ
食みつつ母の忌日のちかし

院庭の根雪は消えて春来しが
わがかなしみは消ゆることなし

ケアハウスに移る気持ちも整ひて
病院食のやうやくうまし

売店のひらくを待ちて風邪に臥す
夫に届くるオレンジを買ふ

側《そば》にすわりさりげなく見る夫の顔
　いつしか老斑《らうはん》ふえしと思ふ

若草山ドライブ中に出会ひたる
　鹿のまなこはこよなく清《すが》し

食堂に早く来たりて歌集読む
　いつしか卓《たく》にまどろみてをり

念澤まき（1924〜2001）矢巾町出身
女学校時代から作歌に親しみ、森山耕平氏に
師事する。『歩道』『岩手短歌』等に作品発表。

念澤浩一の歌

わが妻は
難聴ゆゑかことごとに
遠慮ふかくし
一生を終はる

（「妻逝けり」より）

夜の能楽堂

（『岩手短歌』1981⑫・
1982①月号掲載）

蝉しぐれそそぐ杉群《すぎむら》しづかなる
中尊寺能楽堂に薪能《たきぎのう》待つ

火のはぜるをりをりにして薪能
シテの面《おもて》はひかりて動く

かがり火に浮き立つごとき知盛《とももり》の
かなしき能に吾はのまるる

踏みならす知盛の演能たけなはに
　囃子《はやし》の音も強くなりゆく

弁慶《べんけい》は数珠《じゆず》ざらざらと押し揉《も》みて
　力強くも演能終る

再就職

（『短歌いわて１９８３』掲載）

集金にわが訪れし雨の午後
　刃物の店は鉄の匂ひす

なりふりもかなぐり捨てて再就職われ
若き店主の小言聞きをり

全治して集金にまはる今日ひと日
いたはりの声店毎に受く

妻の弾《ひ》く大正琴を聞きながら
刻《とき》かけて飲む一合の酒

街角の珈琲《こーひー》店にしばらくを
吾が休みゐる集金のあと

われも老い彼も老いたりこのビルに
同級生の社長と再就職者のわれ

曾《そう》祖《そ》父《ふ》が明治初年に勤めたる
和賀町に来て蝉の声きく

真夏日の集金業務に歩みつぎ
一万三千歩のひと日は昏《く》るる

朴《ほほ》の葉の散り敷く峡《かひ》の細道を
音立てながら岬山くだる

寒き夜の厨《くりや》にたちて風邪に臥《ふ》す
妻に飲ます葱湯《ねぎゆ》をつくる

鮭

（『短歌いわて１９８５』掲載）

わが登る百三十段の石階に
固き音して青《あを》胡桃《ぐるみ》落つ

この孫らここを故郷《こきやう》として住まむ
われには遠き行《ぎやう》田《だ》市の街

十三夜の月さえざえと澄みわたり
　刈田にならぶ稲架のあかるし

寺庭の首塚照らす朝光に
　満点星《どうだん》つつじの緋《ひ》の色冴ゆる

鮭の腹しづかに割《さ》くに吾の手に
　溢れる紅《あか》き腹《はら》子《こ》一万

雪きしみ凍《い》てつく夜道歩みきて
　梅の鉢みゆ駐在所の窓

北にたつ日も近くして白鳥の
せはしく羽根をひろげ鳴きをり

やうやくに病《やまひ》癒えたる妻はけふ
海みる旅に出でたしといふ

花ぐもる朝の広田の空高く
雲雀《ひばり》鳴き交ひその音打ちあふ

朝庭に胡瓜《きうり》もぎゐるわが近く
雉子《きじ》の雛鳥《ひなどり》すばやく駈けぬ

錆《さび》の香　（『短歌いわて1986』掲載）

駅裏に解体されし貨車の車輪
堆積されてしるき錆《さび》の香

炎天のつづく稲田は一斉に
穂の垂れそめて視界に揺らぐ

折々に時雨《しぐれ》ふりくる畑にゐて
季《とき》の過ぎたる胡瓜《きうり》蔓《づる》ひく

雨ながら稲田に媼《おうな》ひとりきて
　倒れし稲の手刈りしてゐる

傘をさし新藁《しんわら》にほふ田中みち
　ゆけど刈田の鴉《からす》うごかず

解体のビル崩るたびその壁に
　曲がりくねれる鉄筋あらはる

息をかけ凍てつく電車の窓拭きて
　川霧《かはぎり》なかの白鳥をみる

病みながら九十二歳になりし父は
　好みて歌舞伎の写真集みる

増築の成りゆく二階を仰ぎては
　一番電車へと家を出《い》で来ぬ

妻臥《ふ》して味噌汁を煮る今朝もまた
　百年を経し甕《かめ》の蓋《ふた》とる

牡蠣鍋

（『短歌いわて１９９６』掲載）

届きたる身障者手帳開きつつ
　五十年前の戦地をおもふ

侘《わび》しさにいつよりか馴れ妻居らぬ
　厨《くりや》に今朝《けさ》の味噌汁を炊く

憂《う》きおもひ抱《いだ》きて帰る夕暮れの
　団地の道にリラの香にほふ

夕風の吹く裏庭に隣家の
　胡桃《くるみ》割る音さはやかに聞く

長く病む妻を愛《いと》しと思ひつつ
家事に疲れてときに怒るも

砲声を遠くに聞きて歩哨《ほせう》せし
黄河《くわうが》のひかる夜《よる》の長かり

このあした茗荷《めうが》を摘みて味噌汁に
放つ薫《かを》りを幸《しあは》せとせむ

退院し着る日をねがひ秋の日に
妻の簞笥《たんす》に樟脳《しやうなう》入れぬ

去年まで稲育ちゐしこの土地に
　けふ分譲《ぶんじやう》のアドバルーン上《あ》がる

許されて病院より来しわが妻と
　湯気《ゆげ》あたたかき牡蠣《かき》鍋《なべ》を食《く》ふ

岩手県歌人クラブ短歌大会（1996・6・23）

病む妻の伸びたる髪を鋏み終へ
　わが手に残る白髪のひかる

遠花火

（『短歌いわて１９９７』掲載）

それぞれに枝を張りつつ雪に立ち
幹ひかりゐる丘の林檎《りんご》園

雪消えし冬田に群《む》るる烏《からす》らは
日の暮るるまでところを変へず

ほやの殻《から》裂《さ》きつつをれば唐突《たうとつ》に
地震揺《ゆ》りきて包丁はなす

病む妻の伸びたる髪を鋏み終へ
わが手に残る白髪ひかる

酔ふほどに「丘を越えて」を歌ひたる
森山翁《をう》の声なつかしむ

おもおもと葉中《はなか》に揺《ゆ》るる青胡桃《あをぐるみ》
その木の元に庚申塚《こうしんづか》立つ

米を研ぐ厨《くりや》の窓の遠花火
消えたるあとに音きこえきぬ

丘陵《きうりよう》のはてにひろがる蕎麦《そば》畑《ばたけ》
刈りゐる人ら夕映えのなか

ひもすがら稲刈り終へしコンバイン
明りを点《とも》し田の道を行く

雪かつぐ枝に朱美《あけみ》のまばらなる
珊瑚樹《さんごじゅ》の青すがしきあした

岩手芸術祭短歌大会
（1997・10・26遠藤八重子選賞）

稲にほふ道に太鼓をひびかせて

夕暮近く山車《だし》帰りくる

ペースメーカー　（『短歌いわて1998』掲載）

百年余《よ》わが家に遺《のこ》る枡《ます》を出し

水洗ひする節分前夜

この胸にペースメーカーを埋めをれば

携帯電話の人を避くるも

鎮《しづ》まりし御《み》堂《だう》にならぶ戦死者の
位牌はなべて煤《すす》けて黒し

入院の妻ひさびさに家に来て
畳こひしとしばらく座る

進軍の黄《くわう》河《が》のほとり菜の花の
限りなかりき山《さん》西《せい》あたり

懐しき蚊《か》帳《や》の吊《っ》り手《て》など束にして
母の手箱に仕舞ひてありぬ

稲にほふ道に太鼓《たいこ》をひびかせて
夕暮るるころ山車《だし》帰り来る

わが庭の紅葉の写真を妻の病む
床頭台《しやうとうだい》に立てて帰りき

冬陽《ふゆび》さす稲荷《いなり》街道《かいだう》の一里塚《いちりづか》
松の老木が形よく立つ

早池峰《はやちね》の雪の夕映え見はるかす
病室にゐて妻の髪切る

歳《さい》晩《ばん》の雨　（『短歌いわて1999』掲載）

向ひ家《や》の桧《ひ》葉《ば》垣《がき》はさむ庭師ゐて
鋏《はさみ》の音がさはやかにする

こどもらに祭太鼓を教へきて
十五年経て表彰を受く

九ケ月経て病院より来し妻は
鏡に向かひうすく紅ひく

憂きことの思ひは残る庭隅《すみ》に
どくだみの花雨にゆれゐて

この夏もひとり送り火《び》焚《た》く庭に
花火の音の途切《とぎ》れて聞こゆ

入院の妻を見にゆくこの夏も
青胡桃《あをぐるみ》ゆるる川沿ひの道

朝露にぬれて茗荷《めうが》の花を摘む
葉ずれの音のきしきしとして

家裏に稲架《いなか》ならび立ちかすかなる
新藁《しんわら》の香を風運びくる

いつの日か装ふ日あらむ入院の
妻の着物のたたう紙ひろぐ

この暮も妻は病院に過ごすとふ
雨降る夜に黒豆を煮る

雷鳥

（『短歌いわて２０００』掲載）

春浅き山西省の残雪に
雷鳥の鳴く山を進みき

わが歌を志満先生が選びしを
病床の妻とともに喜ぶ

娘来てひとり暮しの食材に
野菜不足とたしなめらるる

病む妻が酸素吸入しつつゐて
幻想によるものを言ひつぐ

歩行器を押して売店に来し妻は
娑婆《しやば》の香すると買物をせり

送《おく》り火《び》の折々はぜる火のめぐり
花火手にして子らの寄りくる

汗ばみて祭《まつり》太鼓《だいこ》の稽古《けいこ》終へ
帰る夜道に満月の照る

このあした家裏に来て栗拾ひ
そのかたはらの茗荷《めうが》をも摘む

恋ふ人の居るこの町に浦和より
　転勤せりとふ置薬屋《おきぐすりや》は

一本立つ枳殻《からたち》の実に日の映えて
　庭の耀《かが》く茅葺《かやぶき》の家

私と戦争

（『短歌いわて２００１』新世紀特集号掲載）

関東に大震災のありし年に
　街川ちかき盛岡に生まる

学帽に鞄を肩に草履《ざうり》持ち
胸ふくらませ学校に入る

昭和初期の不況のさなかわが父は
連帯保証の負債を負ひき

満洲へ出征《しゆつせい》する兵を送りしは
われ小学の二年生なりき

中学の二年の夏に日支事変《につしじへん》おこりて
わが師も招集されぬ

世は日ごと戦時体制に進みゆき
　戦意昂揚《かうやう》の気運高まる

戦争は遂《つひ》に米英と開戦し
　いよいよ国は超非常時に入《い》る

妹のつくりし千人針を持ち
　われも大陸へ出征《しゆつせい》したり

灼熱《しやくねつ》の黄河《くわうが》近くの戦ひに
　砲撃をうけ腰を負傷す

やうやくに命とりとめ戦ひしも
敗戦となり捕虜の身となる

大正琴

（『短歌いわて２００２』掲載）

半年の入院つづきたまさかに
庭土ふめばわが足重し

退院し半年ぶりの独《ひと》り居を
はじめし今日は父の日にして

病む妻は呼吸不全の四日目に
　短歌受賞のことを理解す

転院後病みつつ詠《よ》みし妻の歌
　ノートに遺《のこ》る百五十二首

木々のなか椎茸育てし榾《ほた》のこる
　南昌山の麓《ふもと》を来れば

木の下に茗《めう》荷《が》摘みゐるこのあした
　雉《きじ》子《じ》鳩《ばと》の来てわが上に鳴く

晴れをりて韮《にら》の群れ咲くなかにして
　ひすがらに鳴く蟋蟀《こほろぎ》の声

くれなゐの庭の紅葉《もみぢ》を見つめゐて
　亡き妻と行きし嵯峨野《さがの》を思ふ

亡き妻の小物を整理する部屋に
　大正琴《たいしやうごと》も遺《のこ》されてあり

庭畑《にははた》に十月末の昼にして
　枯れ立つ韮《にら》の花殻《はながら》を刈る

吾もまた若き日神楽を踊りしに
けふ孫娘神楽を踊る

十八年前に太鼓を教えたる
生徒が子を連れわれを訪《と》ひ来ぬ

妻逝けり

（2001・9・23岩手芸術祭
「県民文芸作品集」入選）

長く病みわれに詫《わ》びたる翌朝に
たちまちにして妻は逝きたり

孫ふたり妻の柩《ひつぎ》にためらひつつ
　ふるへる手もて釘を打ち終ふ

家恋ひしと言ひつづけゐしわが妻は
　遺骨となりて帰り来たりぬ

難病《なんびょう》の子を案じつつ逝きし妻
　黄泉《よみ》の世にても安息なきか

遺《のこ》されし妻の日記にはさまれし
　われを案ずる手紙のありぬ

わが妻は難聴ゆゑかことごとに
遠慮ふかくし一生を終はる

妻ともに同じ長子《ちやうし》の夫婦にて
非難《ひなん》されしが五十五年経ぬ

安置《あんち》せし妻の祭壇前に座す
ことさら寂し蟋蟀《こほろぎ》の声

念澤（池田）浩一（1923～2014）盛岡市出身
まき夫人と共に1978年頃から作歌に励む。
やはば短歌会『山ゆり』発行者。太鼓の指導者

発刊にあたって

畠山貞《てい》子

平成十六年(2004)の八月、矢巾町又兵エ新田で夕刊の新聞配達をしていた私は「写真を撮ってあげる」と浩一さんに声をかけられ、ニラの白い花が咲く庭でカメラに収まったのです。そして、亡くなった奥様の「病みをれど……」の歌に出会ったのです。そのときの浩一さんのやさしい語り口は今でも忘れられません。それから十二年、私は自宅に設けた町の小さな文化館「権三ほーる」を続けるかたわら、「水に学ぶ物づくり」と称し、自宅にある井戸の水を使って紙パックを再生、豆本作りなどをやっていました。

そんな折、昨年の権三ほーる十周年に念澤さんの御近所だった三沢セイ子さんが来て下さったのです。そして、御夫婦の短歌資料を見せていただいたとき、これは、どうしてもこの万葉からの調べに乗せたお二人の作品を多くの皆様にお知らせしたいとの思いがつのり、この手作り歌集が生まれました。

資料収集に当たっては岩手短歌会の編集同人だった紫波町の八重嶋勲氏にご助力いただき感謝です。

著者　　　　念澤まき　　念澤浩一
表紙絵　　　橋本和子
編集・発行　　畠山貞子（町の小さな文化館「権三ほーる」館主）
〒 028-3305　岩手県紫波郡紫波町日詰字郡山駅１８７－１
TEL & FAX　019-676-5796 E-Mail　hatakeyama206@ybb.ne.jp
印刷　　　（有）ツーワンライフ
〒 028-3621　岩手県紫波郡矢巾町広宮沢１０－５１３－１９
TEL & FAX　019-681-8120　E-Mail　iihonnara@drive.ocn.ne.jp
製本　　　水に学ぶ物づくり（権三ほーる内）